VENTE DES JEUDI 7 & VENDREDI 8 MAI 1868

Collection de M. G. GANCIA

OBJETS D'ART

ET DE

CURIOSITÉ

TABLEAUX ET MINIATURES

EXPOSITIONS
PARTICULIÈRE : Le Mardi 5 Mai 1868 ;
PUBLIQUE : Le Mercredi 6 Mai 1868.

Le présent Catalogue servira de Carte d'Entrée à l'Exposition Particulière

Mᵉ DELBERGUE-CORMONT
COMMISSAIRE-PRISEUR

M. J.-M. DHIOS
EXPERT

16 — 327 r de Choiseul

RENOU & MAULDE

IMPRIMEURS DE LA COMPAGNIE DES COMMISSAIRES-PRISEURS

Rue de Rivoli, 144.

CATALOGUE

D'OBJETS D'ART

ET DE

CURIOSITÉ

Meubles sculptés, anciens Cabinets et Bureaux italiens;
Ivoires sculptés; Émaux de Limoges;
Bronzes florentins; Porcelaines;
Faïences Italiennes;
Verres de Venise; Bois sculptés; Curiosités diverses;

TABLEAUX & MINIATURES

Composant la Collection de M. G. GANCIA

DONT LA VENTE AUX ENCHÈRES PUBLIQUES AURA LIEU

HOTEL DROUOT

SALLE N° 5

Les Jeudi 7 & Vendredi 8 Mai 1868

A DEUX HEURES

Me **DELBERGUE-CORMONT,** Commissaire-Priseur,
rue de Provence, 8,
Assisté de M. **DHIOS,** Expert, rue Le Peletier, 33,
Chez lesquels se délivre le Catalogue.

EXPOSITIONS

PARTICULIÈRE : Le Mardi 5 Mai 1868, de 1 à 5 heures.
PUBLIQUE : Le Mercredi 6 Mai 1868, de 1 à 5 heures.

PARIS — 1868

CONDITIONS DE LA VENTE

Elle aura lieu au comptant.

Les Acquéreurs paieront en sus des adjudications, CINQ POUR CENT applicables aux frais.

DESIGNATION

MEUBLES

ET

CABINETS ITALIENS

1 — Très-belle Bibliothèque en bois de noyer sculpté. Le haut est à deux portes vitrées; le bas est à quatre tiroirs et porte s'abattant.

Ce joli meuble est entièrement couvert de frises et d'arabesques dans le style de Raphaël.

H. 2 m. 25 c. L. 1 m. 70 c.

2 — Autre Bibliothèque de même style et formant pendant à la précédente.

3 — Petit Bureau ministre avec galerie à balustre et tiroirs; ébène incrustée d'ivoire et de plaques gravées; ce meuble est supporté par huit pieds à balustres; travail italien du temps de Louis XIII.

4 — Petit Bureau de même disposition et de même forme que le précédent, mais sans galerie; travail italien du temps de Louis XIII.

5 — Joli cabinet en ébène et ivoire, posé sur sa table console; l'intérieur est à treize tiroirs et porte monumentale. Ce meuble qui s'ouvre à deux portes est entièrement couvert de fines incrustations figurant des sujets de chasse, rinceaux et ornements variés; ancien travail milanais.

6 — Petit Cabinet en ébène orné d'incrustations d'ivoire; il s'ouvre par une porte s'abattant; l'intérieur est à dix tiroirs et à une porte; ancien travail milanais, d'une riche ornementation.

7 — Petit Cabinet en ébène et ivoire à neuf tiroirs et colonnes à chapiteaux; ancien travail milanais.

8 — Un Bureau plat à pieds tors, avec dessus en marqueterie de bois ornée au centre d'un blason; époque Louis XIII.

9 — Table de milieu en bois sculpté; travail italien du XVIIe siècle.

10 — Petit meuble italien à hauteur d'appui, en noyer sculpté.

11 — Petite Table à ouvrage en marqueterie de bois à figures et paysages; travail vénitien.

12 — Coffret persan, en marqueterie d'ivoire.

13 — Coffret en marqueterie de nacre de perles.

IVOIRES

14 — Plaque en ivoire sculpté de haut relief représentant une Bacchanale.

Composition de cinq figures : Faunes, Bacchantes et Jeunes Enfants jouant avec une panthère; très-beau travail de François Flamand, encadrement en cuivre ciselé.

H. 10 c. L. 19 c. 1/2.

15 — Le Christ mort soutenu par trois Anges; très-belle sculpture de haut-relief de l'École italienne du XVIe siècle, attribué à MINA DA FIESOLE; encadrement de forme monumentale en ébène et ivoire.

H. 21 c. L. 14 c., forme cintrée du haut.

16 — Christ en ivoire sculpté; très-beau travail italien de la fin du XVIe siècle.

H. 36 c.

17 — Un Vidrecome en ivoire sculpté de haut-relief et décoré d'un sujet représentant une chasse au sanglier avec nombreux personnages. L'anse est formée d'une figure d'homme se terminant en caryatide et supportant une tête de sanglier. Le couvercle est surmonté d'une figurine de chasseur. Beau travail moderne.

18 — Seau à eau bénite en ivoire sculpté, à figures de saints placées dans des niches à colonnes de style ogival. Bon travail moderne d'après NICCOLO PISANO.

19 — Figurine d'Enfant couché et endormi, en ivoire sculpté, gracieux travail italien du XVIe siècle.

20 — Deux figurines en ivoire sculpté : la Vierge et saint Joseph; travail florentin du XVIe siècle.

21 — Figurine en ivoire sculpté : l'Hiver; travail italien.

22 — Manche de Poignard en ivoire sculpté, formé d'une statuette de Minerve ayant à ses pieds deux petits Amours; joli travail italien de la fin du XVIe siècle.

23 — Manche de Poignard en ivoire sculpté, représentant une Naïade.

24 — Pommeau de Canne en ivoire sculpté, formé de deux enfants tenant une coquille.

25 — Petite Bonbonnière ronde en ivoire sculpté à sujet allégorique : l'Amour couronné ; travail du temps de Louis XV.

26 — Étui en ivoire sculpté à personnages, arabesques et rinceaux ; époque Louis XV.

27 — Cadre octogone en ivoire sculpté, orné de figures de sainteté et allégories religieuses.

28 — Trois pièces en ivoire sculpté : Gaine de trousse, un Manche de couteau et un Pommeau de canne.

ÉMAUX DE LIMOGES

29 — Plat rond en émail de Limoges, par Jean Courtois, représentant un des douze mois de l'année (Avril). Au centre trois figures allégoriques des travaux de la saison ; bordure à arabesques, caryatides et têtes de mascarons en émaux de couleur. Au revers sont peintes des figures de caryatides et d'animaux chimériques, entrelacées d'ornements dorés.

30 — Belle Plaque en émail de Limoges, attribuée à Penicaud II, représentant le Christ en croix entouré des saintes femmes.

31 — Plaque ovale en émail de Limoges, attribué à Penicaud II, représentant l'Adoration des Mages ; très-jolie pièce parfaitement conservée ; encadrement en bronze doré.

32 — Coupe ronde en émail de Limoges, représentant la Cour du roi Priam ; sujet peint en grisaille rehaussée d'émaux de couleur ; au revers, animaux chimériques et caryatides ; jolie pièce de Jean Courtois.

33 — Grande Plaque en émail de Limoges, représentant la Mort de la Vierge; encadrement doré.

34 — Très-ancienne Plaque en émail de Limoges, représentant la Mise au tombeau.

35 — Ancienne Plaque en émail de Limoges, représentant saint Léonard délivrant un prisonnier; encadrement doré.

36 — Une Coupe à six lobes et à anses en émail de Limoges; au centre est représenté le petit saint Jean-Baptiste; au revers un paysage. Le pourtour intérieur est décoré de rinceaux en relief.

37 — Autre petite Coupe à deux anses en émail de Limoges, décorée de fleurs et oiseaux; au centre médaillon représentant saint Joseph et l'Enfant Jésus.

38 — Un dessus de Salière hexagone en émail de Limoges; portrait de Femme

BRONZES

39 — Grand Brazero ovale en cuivre rouge repoussé, élevé sur quatre pieds à griffes de lion; travail italien.

40 — Hercule, statuette en bronze florentin du XVIe siècle.

41 — Tête d'Apollon en bronze florentin du XVIe siècle.

42 — Le jeune Homme à l'épine; statuette en bronze montée sur socle.

43 — Deux petites Aiguières vénitiennes en cuivre à ornements gravés.

44 — Bas-relief en bronze florentin : les Forges de Vulcain.

45 — Un Triptyque en cuivre ciselé et émaillé; travail russe.

46 — Six Poignées d'applique en bronze doré; époque Louis XIV.

47 — Quatre Plaques de meuble en cuivre gravé, représentant des sujets de chasse; époque Louis XIII.

PORCELAINES

48 — Petit Service en porcelaine de Vienne, composé de : un grand Plateau ovale à bordure à jour, une Cafetière, un Pot à crème, un Sucrier et une Tasse avec Soucoupe. Toutes ces pièces sont enrichies d'ornements d'or en relief, de la plus exquise finesse, et alternés de petites frises peintes en grisaille; fond gros bleu. Ce service, un des plus beaux spécimens qui soient sorti de la fabrique de Vienne, a dû être exécuté pour quelque souverain ou grand seigneur du temps de Louis XVI.

49 — Deux jolis petits Vases à couvercles en porcelaine de Capo di Monte, décorés de huit médaillons : Vues d'Italie ornées de figures très-finement peintes. Ces médaillons sont encadrés d'ornements et rinceaux émaillés vert sur fond or; monture en or, avec fleurs de lis sur les couvercles.

50 — Deux Tasses à deux anses en porcelaine de Capo di Monte, décorées de sujets mythologiques en relief et émaux de couleur; les soucoupes sont ornées de guirlandes de fleurs et de coquilles également en relief.

51 — Deux autres Tasses en Capo di Monte, de même forme ; fond blanc.

52 — Tasse et Soucoupe en porcelaine de Sèvres, pâte tendre, fond bleu turquoise à ornements piqués d'or; médaillons d'oiseaux.

53 — Autre Tasse et Soucoupe de même forme en porcelaine de Sèvres pâte tendre, décorée de trois médaillons à personnages, genre Watteau ; fond bleu turquoise rehaussé d'ornements rocaille dorés.

54 — Deux Moutardiers forme baril et une Soucoupe, en porcelaine de Sèvres, pâte tendre; décor à fleurs sur fond blanc.

55 — Tasse et Soucoupe en porcelaine de Sèvres. pâte tendre; époque de la République; décor à trophées, couronnes de lauriers et guirlandes.

56 — Petite Tasse et Soucoupe en porcelaine de Sèvres, pâte tendre ; fond gros bleu étoilé d'argent.

57 — Soupière en porcelaine de Saxe, avec couvercle surmonté d'une figurine d'enfant.

58 — Deux Tasses et Soucoupes en porcelaine de Saxe, à bandes bleues et noires rehaussées d'or.

59 — Figurine en porcelaine de Saxe : Femme ailée tenant une corne d'abondance.

60 — Joli Vase à anse en porcelaine de Saxe, fond jaune clair, fleurs et feuillages en relief.

61 — Tasse et Soucoupe en porcelaine de Saxe, décorées d'oiseaux au milieu d'un paysage.

62 — Jolie Écuelle avec couvercle et plateau en porcelaine de Venise; décor à bouquets de fleurs peintes et en relief.

63 — Deux petites Aiguières en Wedgwood, avec figures en relief.

FAIENCES

64 — Petit Plat à reflets métalliques, de la fabrique de Gubbio; au centre est représenté l'Amour les yeux bandés; bordure à feuilles d'acanthes et rinceaux; porte la marque de Maestro Giorgio, le fils.

65 — Plat en faïence d'Urbino, décoré d'un sujet représentant les Amours des Dieux; pièce d'un très-bel émail; au revers, armoiries de la famille Pucci de Florence.

66 — Coupe ronde élevée sur piédouche, en faïence d'Urbino, décorée d'un sujet historique à nombreuses figures de guerriers; pièce d'un bel émail.

67 — Autre Coupe ronde montée sur piédouche, de la fabrique de Castel-Durante; décor à trophées sur fond bleu jaspé.

68 — Grand Plat rond en faïence de Faënza, décoré d'un sujet historique; nombreux personnages à la porte d'une ville; au revers, la date de 1546.

69 — Plat de la fabrique de Pesaro; portrait de femme et inscriptions. Encadrement en bois doré.

70 — Plat rond en faïence de Castel-Durante. Au centre, Vénus et l'Amour. Bordure à trophées d'armes sur fond bleu. Encadrement en bois peint à ornements dorés.

71 — Plat hispano-arabe à reflets métalliques; au centre, un aigle.

72 — Grand Plat et Aiguière en faïence de Savone; décor bleu sur fond blanc.

73 — Un Plat ovale en faïence de Venise, bordure à or nements en relief; fond de paysage.

74 — Deux Plats ronds en faïence de Perse; décor à fleurs et branchages en émaux de couleurs sur fond blanc.

75 — Deux Vases, forme bouteille, en faïence italienne décorée de fleurs sur fond bleu.

76 — Un Cornet en faïence d'Urbino, représentant une figure de Sainte; très-beau d'émail.

77 — Deux paires de Cornets en faïence d'Urbino; décor à médaillons : Figures de saints, trophées et ornements.

78 — Deux Vases de forme ovoïde en faïence d'Urbino: décor à trophées et médaillons à figures de saints.

79 — Autre Vase, forme ovoïde, fond bleu décoré de fleurs et d'un médaillon à figure de Sainte.

80 — Vase en faïence italienne; ornements bleu sur fond blanc, et blason de la famille de la Scala.

81 — Grand Cornet en faïence de Castel-Durante; décor à trophées et rinceaux.

82 — Vase à fleurs, monté sur piédouche, et à couvercle en faïence de Venise; anses détachées formées de branchages et fleurs; décor à fleurs sur fond blanc.

83 — Porte-Montre en faïence du XVIIIe siècle, formé d'une figure de Chinois assis supportant une cage de Cartel.

VERRES DE VENISE

84 — Deux Vases à fleurs en verre de Venise émaillé blanc; bordure bleue.

85 — Une Aiguière à goulot à trèfle en verre de Venise filigrané blanc.

86 — Calice à couvercle en verre de Venise, à têtes de mascarons et ornements en relief.

87 — Petit Gobelet sur piédouche, en verre de Venise, à rosaces bleues et blanches en relief.

88 — Vase en verre de Venise gravé d'arabesques, à deux anses en argent.

89 — Verre filigrané blanc, sur piédouche, à anses et ornements.

90 — Petite Coupe et Burette émaillées blanc.

91 — Vase de forme ovoïde et Verre à pied en verre de Venise bleu.

92 — Gobelet à pans contournés en verre de Bohême gravé, du portrait du Grand Frédéric, d'ornements, animaux, etc.

93 — Deux Coupes à piédouche, en verre de Venise filigrané blanc.

94 — Verre de Bohême gravé aux armes des Médicis; médaillons à figures.

CURIOSITÉS DIVERSES

95 — Flacon en cristal de roche taillé; bouchon avec monture en or ciselé.

96 — Croix en cristal de roche et bronze; travail du XVIe siècle.

97 — Calice en argent, monté sur pied en cuivre ciselé et repoussé, orné de six nielles d'argent, avec le nom de la famille des donateurs.

98 — Tasse et Soucoupe en émail de Chine, portant les armoiries du cardinal de Gonzague, et décorée de fleurs, oiseaux et ornements.

99 — Une Assiette et une Soucoupe de même décor.

100 — Deux Tasses en émail de Chine, décor à fleurs et rinceaux.

101 — Jolie Boîte ronde à poudre en filigrane d'argent ciselé; travail vénitien.

102 — Deux Boussoles en argent et ivoire gravé.

103 — Porte-Lettres Persan en filigrane d'argent doré, orné de turquoises et rubis.

104 — Petit Nécessaire en argent gravé, époque Louis XV.

105 — Porte-Carte en filigrane d'argent doré; travail de Gênes.

106 — Carnet de visite en argent ciselé à ornements: oiseaux et figures, avec calendrier tournant, feuillets en ivoire.

107 — Tabatière en écaille brune doublée d'argent et décorée à l'extérieur d'ornements rocaille, piqués d'argent.

108 — Tabatière en écaille piquée d'or, ornée d'un sujet de chasse.

109 — Couteau persan, lame en damas damasquinée or.

110 — Autre Couteau, lame en damas, poignée en corne et argent niellé.

111 — Une Dague italienne avec pommeau et garde en fer ciselé à jour, à figures et rinceaux.

112 — Petite Epée de Cour avec pommeau et garde damasquinés argent, époque Louis XV.

113 — Un Heurtoir en fer ouvragé ; travail italien du XVIe siècle.

114 — Plaque en fer gravé représentant Adam et Ève, style du XIVe siècle.

115 — Support de lampe en fer ouvragé ; travail du XVIe siècle.

116 — Coupe à anses élevée sur piédouche en terre de Nola ; elle est décorée de figures.

117 — Lion supportant un cartouche, terre cuite ; travail italien du XVIIe siècle.

118 — Socle en ébène orné de plaques d'ivoire finement gravés et d'un bas-relief en ivoire représentant Persée délivrant Andromède.

119 — Petit Cadre ovale en bois sculpté à trophées d'armes et attributs militaires.

120 — Deux Manches de couteaux en buis sculpté : groupes de personnages.

121 — Socle en bois d'ébène d'un travail très-fin.

122 — Huit Frises en bois sculpté à entrelacs et ornements à perles.

123 — Six Pièces en bois sculpté, frises, panneaux, etc.

124 — Beau Cadre florentin en bois sculpté et doré, surmonté d'un fronton, dans le bas, les armoiries des Médicis, forme circulaire.

125 — Autre petit Cadre florentin, sculpté à jour.

126 — Autre Cadre plus grand, sculpté à jour et doré.

127 — Cadre en buis sculpté et doré, de forme circulaire.

128 — Deux cadres italiens en bois sculpté et doré.

129 — Sous ce numéro, quelques Objets non catalogués.

MINIATURES

ATTAVANTE

130 — Le Triomphe de David; très-belle miniature sur vélin, avec entourage à oiseaux, fleurs et fruits.

H. 28 c. L. 23 c.

CLOVIO (GIULIO)

131 — Très-belle Miniature sur vélin représentant le repos de la Sainte Famille. — Cadre en ébène.

H. 22 c. L. 17 c.

132 — Portrait de Contarini implorant la Vierge assise sur un trône et tenant l'Enfant Jésus. Miniature sur vélin, entourage à ornements et rinceaux avec le lion de Saint Marc et les armes de Contarini.

Elle est attribuée au TITIEN.

H. 21 c. L. 15 c.

MINIATURES A L'HUILE

133 — Petite Peinture ovale sur or : portrait du duc d'Urbino; charmante peinture d'une grande finesse d'exécution.

134 — Portrait d'un gentilhomme représenté la tête découverte, avec une collerette en guipure.

135 — Petit Portrait d'homme; époque Louis XIII.

136 — Petit Portrait de femme; costume à la Médicis.

137 — Portrait de dame vêtue de noir avec un bijou à son corsage.

138 — Portrait du Pérugin, miniature signée S. CALISTRI.

139 — Petit Portrait d'une infante d'Espagne.

140 — Portrait d'une jeune femme du temps de Louis XIV, coiffure à la Ninon.

141 — Portrait d'homme enveloppé d'un manteau rouge; époque Louis XIV.

142 — Portrait de jeune femme, collier de perles, robe jaune.

143 — Portrait de dame en buste; costume du XVIe siècle, large fraise tuyautée.

Peinture sur argent.

144 — Portrait d'une dame hollandaise, daté 1659.

145 — Portrait d'un gentilhomme, tête découverte, vêtu d'un pourpoint noir ; encadrement en cuivre.

146 — Portrait de jeune femme ; miniature ronde, signée A. S.

TABLEAUX

BALDOVINETTI

147 — La Vierge en adoration devant l'Enfant Jésus soutenu par un ange.

Bois forme cintrée du haut.

H. 73 c. L. 43 c.

BARTOLOMEO (Attribué à Fra)

148 — Le Sauveur du monde.

Bois. — H. 39 c. L. 28 c.

BICCI (Lorenzo de)

149 — La Vierge et l'Enfant Jésus entourés de deux anges

Bois. — H. 74 c. L. 49 c.

BOTTICELLI (Sandro)

150 — La Vierge en adoration devant l'Enfant Jésus.

Encadrement en bois sculpté et doré de style ogival.

Bois. — H. 60 c. L. 36 c.

BRONZINO

151 — Portrait de Bianca Capello, représentée en buste.

Bois, forme circulaire; diamètre, 32 c.

BRONZINO (École de)

152 — Portrait d'une jeune Infante.

Elle est représentée à mi-corps et tenant un livre.

Toile. — H. 50 c. L. 33 c.

DUFRENOY

153 — Le Triomphe de Cérès.

Bois. — H. 28 c. L. 35 c.

DURER (École d'Albert)

154 — La Vierge à la poire.

DYCK (École de Van)

155 — Portrait de Marguerite de Lorraine, duchesse d'Orléans.

Elle est représentée à mi-corps et tenant une rose à la main.

Toile. — H. 90 c. L. 65 c.

FAES

156 — Portrait de Georges Villiers, premier duc de Buckingham.

Cuivre. — H. 19 c. L. 15 c.

FIESOLE (École de Beato Angelico da)

157 — L'Annonciation.

La Vierge et l'Ange Gabriel en buste; deux panneaux dans un même cadre.

H. 40 c. L. 37 c.

FRANCESCA (Pietro della)

158 — Portrait de jeune Femme de distinction.

Elle est vue de profil, en buste, coiffée à l'orientale et vêtue d'une robe noire brodée d'or et ornée de perles.

A droite, un blason.

Bois. — H. 29 c. Larg. 21 c.

FURINI

159 — Portrait de jeune Femme de profil et en buste.

Toile. — H. 65 c. L. 49 c.

LAANEN (Van der)

160 — Personnages élégants attablés dans un salon.

Bois, forme ovale. — H. 45 c. L. 59 c.

LEYDEN (École de Lucas)

161 — La Vierge.

Bois. — H. 39 c. L. 25 c.

MARATTE (Carle)

162 — Portrait de jeune Femme en buste et le cou orné d'un collier de perles.

Toile. — H. 44 c. L. 39 c.

MEYER

163 — Paysage et Animaux; deux pendants.

Bois. — H. 25 c. L. 35 c.

MORONE

164 — Portrait d'un Gentilhomme représenté en buste, avec le costume du XVIe siècle; collerette à fraise, pourpoint noir, chapeau à la Henri II.

Bois. — H. 35 c. L. 27 c.

PALMA VECCHIO

165 — Portrait de Cornelius van Baesdorf, premier médecin et conseiller de Charles-Quint.

Bois. — H. 97 c. L. 77 c.

POLAYOLO

166 — Saint Roch et saint Sébastien.

Bois. — H. 38 c. L. 27 c.

167 — Une Figure d'Ange : peinture à fresque de forme ogivale.

SANTINI (DE LUCQUES)

168 — Portrait de l'auteur.

Signé et daté 1579.

Bois. — H. 35 c. L. 23 c.

SCHUTZ

169 — Paysage; vue des bords du Rhin.

Bois. — H. 26 c. L. 36 c.

VASARI

170 — Le Christ en croix entre les deux larrons.

Au pied de la croix, les saintes Femmes, saint Jean-Baptiste, et troupe de cavaliers.

Bois. — H. 49 c. L. 35 c.

ANCIENNE ÉCOLE DE SIENNE

171 — La Vierge, l'Enfant Jésus, saint Jean-Baptiste et saint Laurent.

Bois, forme cintrée du haut. — H. 53 c. L. 33 c.

ÉCOLE FLORENTINE

172 — Portrait du Cardinal de Médicis.

Bois. — H. 50 c. L. 35 c.

ÉCOLE FERRARAISE

173 — Portrait d'une Duchesse d'Est.

Bois. — H. 36 c. L. 23 c.

174 — La Nativité.

Bois. — H. 38 c. L. 25 c.

ÉCOLE VÉNITIENNE

175 — Portrait d'Homme en costume du temps de Louis XIII.

Toile. — H. 68 c. L. 48 c.

ÉCOLE ITALIENNE

176 — Petit Paysage avec cours d'eau.

Toile. — H. 22 c. L. 30 c.

177 — Petit Portrait d'une princesse de la maison de Savoie.

Bois. — H. 19 c. L. 15 c.

178 — Prédication de saint Bernard.

Bois. — H. 15 c. L. 23 c.

179 — Portrait de Femme dans un élégant costume du XVIe siècle.

Toile. — H. 1 m. 03 c. L. 77 c.

180 — Le Couronnement de la Vierge.

Toile. — H. 89 c. L. 59 c.

181 — Portrait d'une jeune Femme en costume du XVIe siècle.

ÉCOLE FRANÇAISE

182 — Portrait d'un écrivain du temps de Louis XIV ; pastel.

H. 60 c. L. 43 c.

ÉCOLE FRANÇAISE

183 — Deux Portraits ovales : Dame et Seigneur du temps de Louis XIV.

184 — Deux autres.

185 — Jeune Femme endormie.

Toile. — H. 41 c. L. 56 c.

ANCIENNE ÉCOLE ALLEMANDE

186 — Portrait de jeune Femme tenant un vase à parfums.

Bois. — H. 36 c. L. 28 c.

ÉCOLE HOLLANDAISE

187 — Vue de Dordrecht.

Toile. — H. 37 c. L. 51 c.

188 — Portrait de jeune Femme du temps de Louis XIV, représentée en pied.

Toile. — H. 39 c. L. 30 c.

Renou et Maulde, imprimeurs de la Compagnie des Commissaires-Priseurs, rue de Rivoli, 144. 13798

www.ingramcontent.com/pod-product-compliance
Ingram Content Group UK Ltd.
Pitfield, Milton Keynes, MK11 3LW, UK
UKHW021039260726
13994UKWH00005B/2254